LOS DENTISTAS

LAS PERSONAS QUE CUIDAN NUESTRA SULUD

Robert James

Versión en español de Aída E. Marcuse

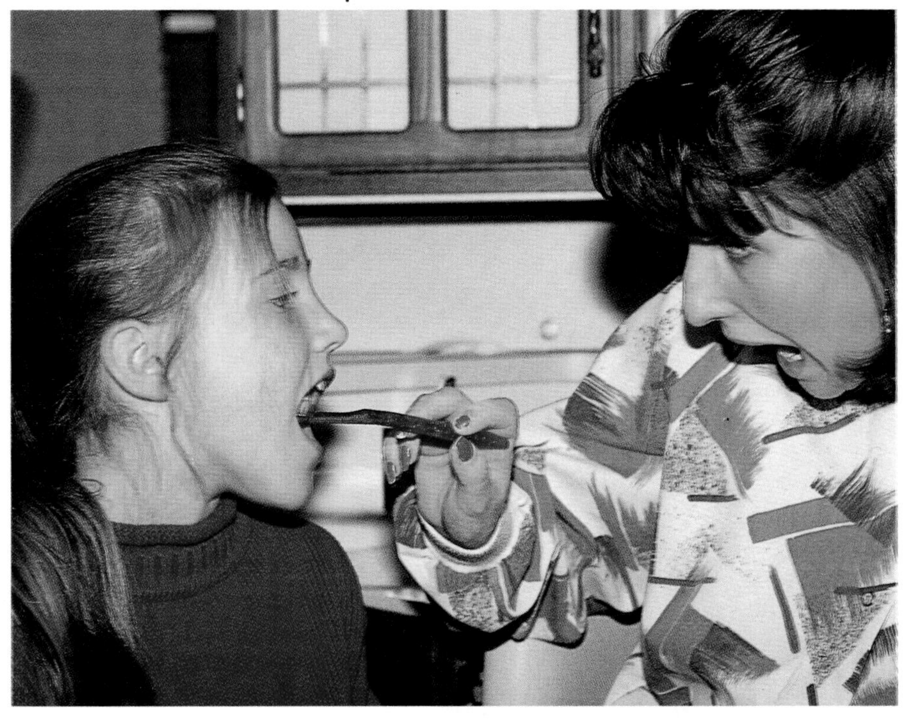

The Rourke Book Co., Inc.
Vero Beach, Florida 32964

RECONOCIMIENTO ESPECIAL
El autor agradece al Dr. Gary Ahasic y sus colaboradores por la ayuda que le brindaron al preparar las fotografías de este libro

Catalogado en la Biblioteca del Congreso bajo:

James, Robert, 1942-
[Los dentistas. Español]
Los dentistas / por Robert James; versión en español de Aída E. Marcuse.
p. cm. — (Las personas que cuidan nuestra salud)
Incluye índices.
Resumen: Describe qué hacen los dentistas, dónde trabajan y cómo se entrenan y preparan para llevar a cabo su tarea.
ISBN 1-55916-176-0
1. Odontología—Orientación vocacional—Literatura juvenil. [1. Odontología—Orientación vocacional. 2. Ocupaciones. 3. Orientación vocacional. 4. Materiales en idioma español.] I. Título II. Series: James, Robert, 1942- Las personas que cuidan nuestra salud
RK63.J3418 1995
617.6'023—dc20

95–9544
CIP
AC

Impreso en Estados Unidos de América

ÍNDICE

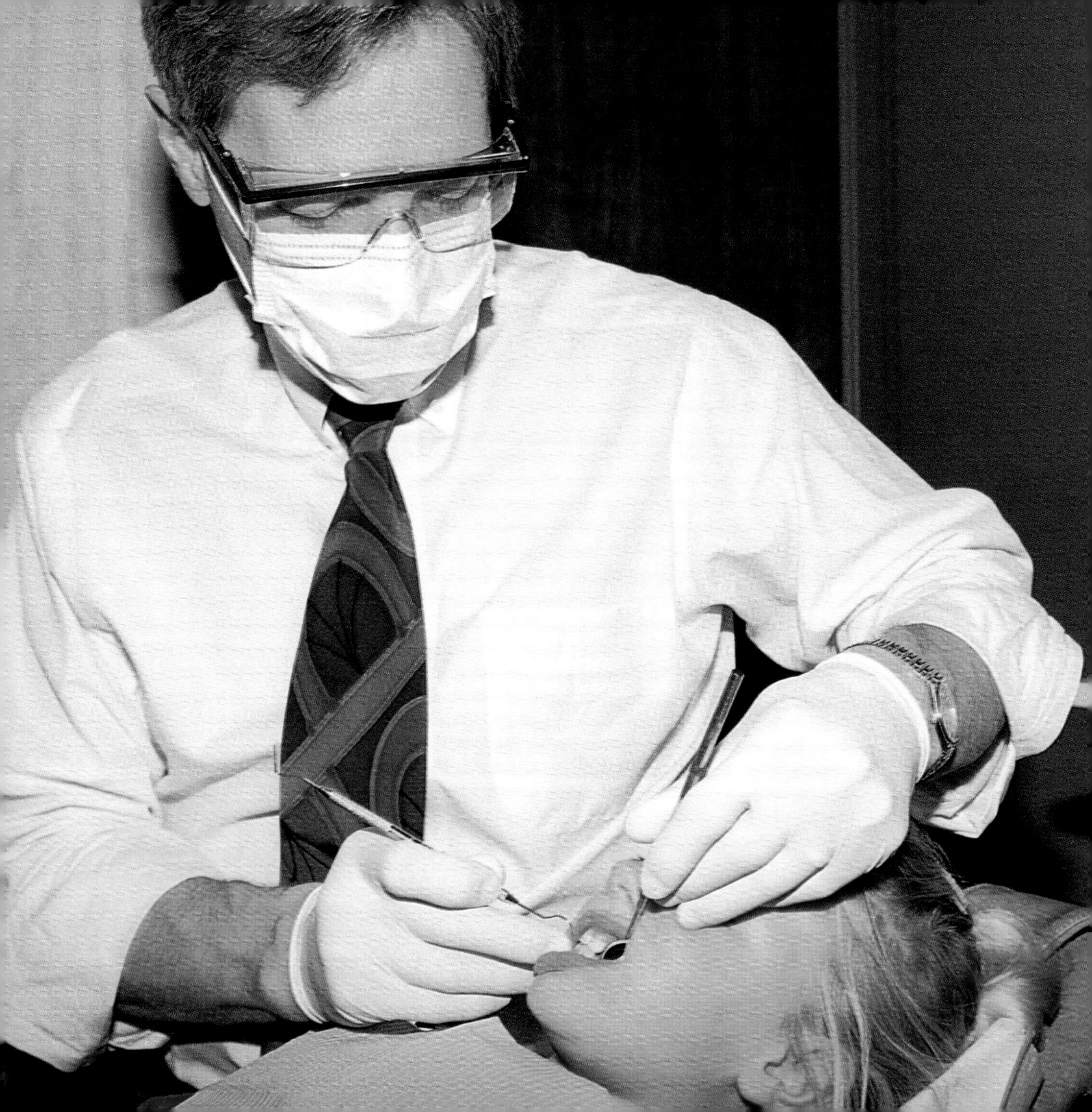

LOS DENTISTAS

Los dentistas son expertos en dientes, y los conocen tan bien como los conejos a las zanahorias. Cuando una persona tiene problemas con sus dientes, llama al dentista.

Pero los dentistas no son únicamente expertos en dientes. También tratan los problemas que afectan la piel, la carne y los dientes que los rodean.

Los dentistas han recibido entrenamiento especial para identificar y tratar los problemas de los dientes. También les enseñan a las personas que tienen los dientes en buena salud cómo mantenerlos siempre así.

Los dentistas curan los dientes y les enseñan a sus pacientes cómo mantenerlos sanos y fuertes

ODONTOLOGÍA

El doctor que escucha los latidos de tu corazón y te dice cuándo debes decir "¡Aaaaahhhh!", es un doctor en medicina. El dentista es doctor en odontología.

La odontología es a la vez un campo de investigación y un arte especial. Estudia los problemas de los dientes, la carne y los huesos que los rodean. Y además, abarca las técnicas que permiten que los dentistas descubran, traten y prevengan las enfermedades de la boca y los dientes.

Gracias a las radiografías bucales, un dentista sabe cómo están los huesos alrededor de los dientes

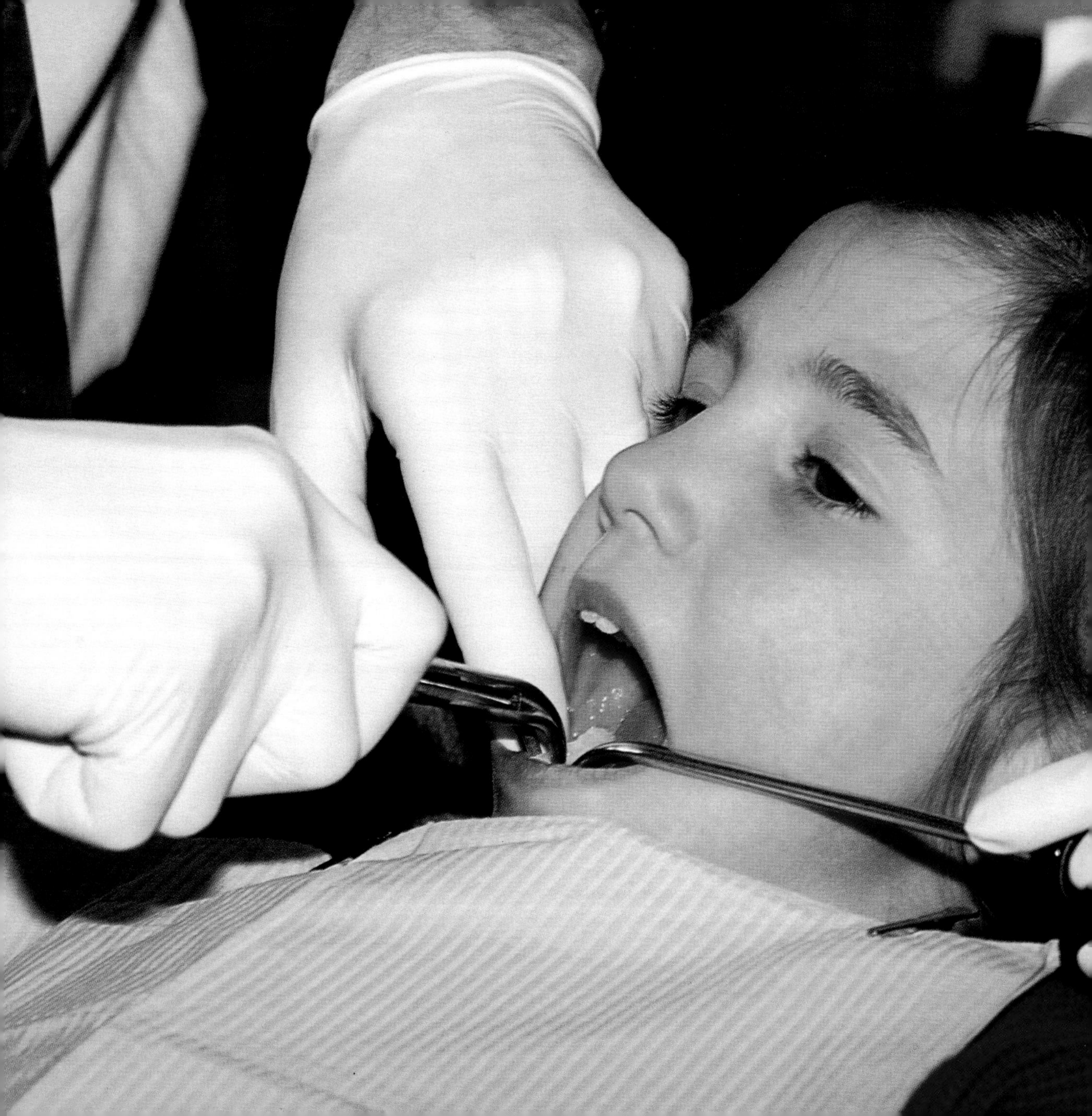

¿QUÉ HACEN LOS DENTISTAS?

Los dentistas pasan la mayor parte del tiempo observando y haciendo cosas en la boca de las personas. Examinan los dientes, y de vez en cuando los limpian y les toman radiografías.

Además, suelen extraer los dientes dañados, rellenan las **caries** que se les forman, y reemplazan los dientes perdidos por dientes artificiales.

Los dentistas también tratan las infecciones de la boca, les ponen barras a los dientes para enderezarlos y llevan a cabo muchas otras tareas.

Con un forceps dentario, un instrumento para sacar dientes, un dentista se prepara a sacarle un diente de leche a un niño

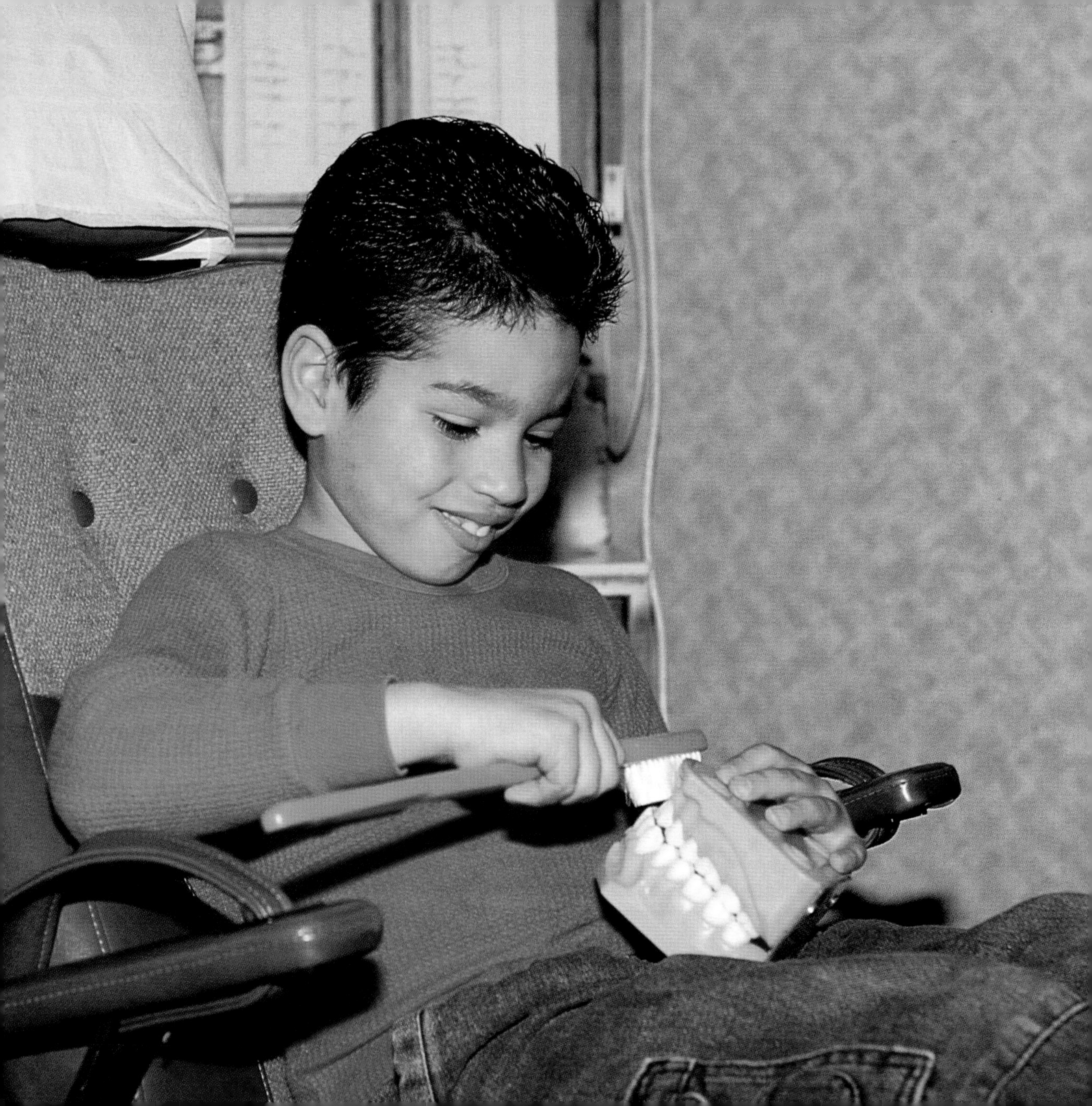

LA HIGIENE DENTAL

El dentista y sus ayudantes les enseñan a sus pacientes cómo efectuar una buena higiene dental. **Higiene** quiere decir limpieza. Si mantenemos los dientes impecablemente limpios, reducimos la posibilidad de que se carien o se produzca una infección bucal.

El dentista y el **higienista** dental les enseñan a los pacientes cómo cepillarse correctamente los dientes, y cómo limpiar con **hilo dental** los pequeños espacios que hay entre ellos.

La oficina del dentista es un lugar ideal para aprender la manera correcta de cepillarse los dientes y la mejor higiene dental

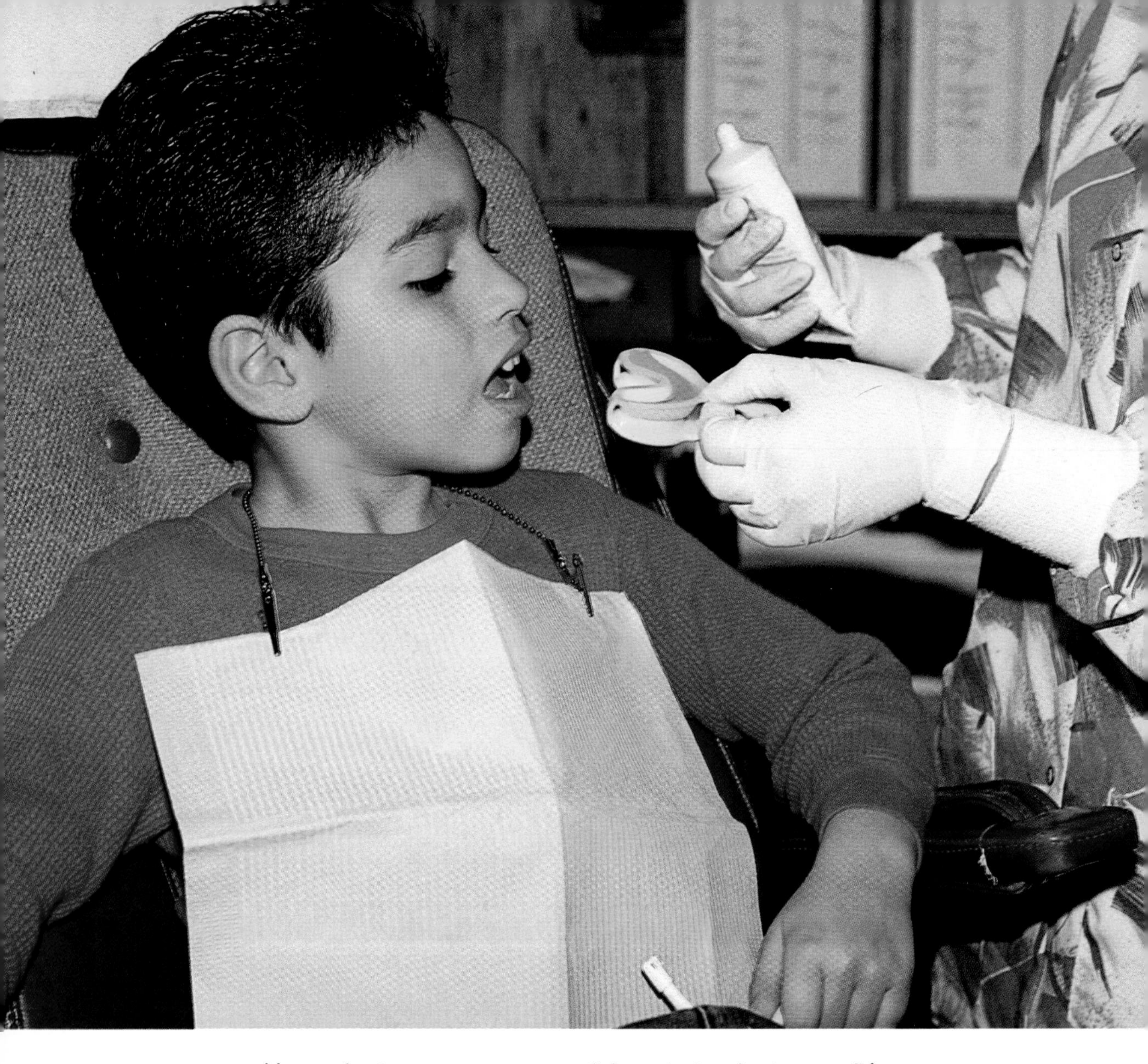

Un paciente se prepara a recibir un tratamiento con flúor

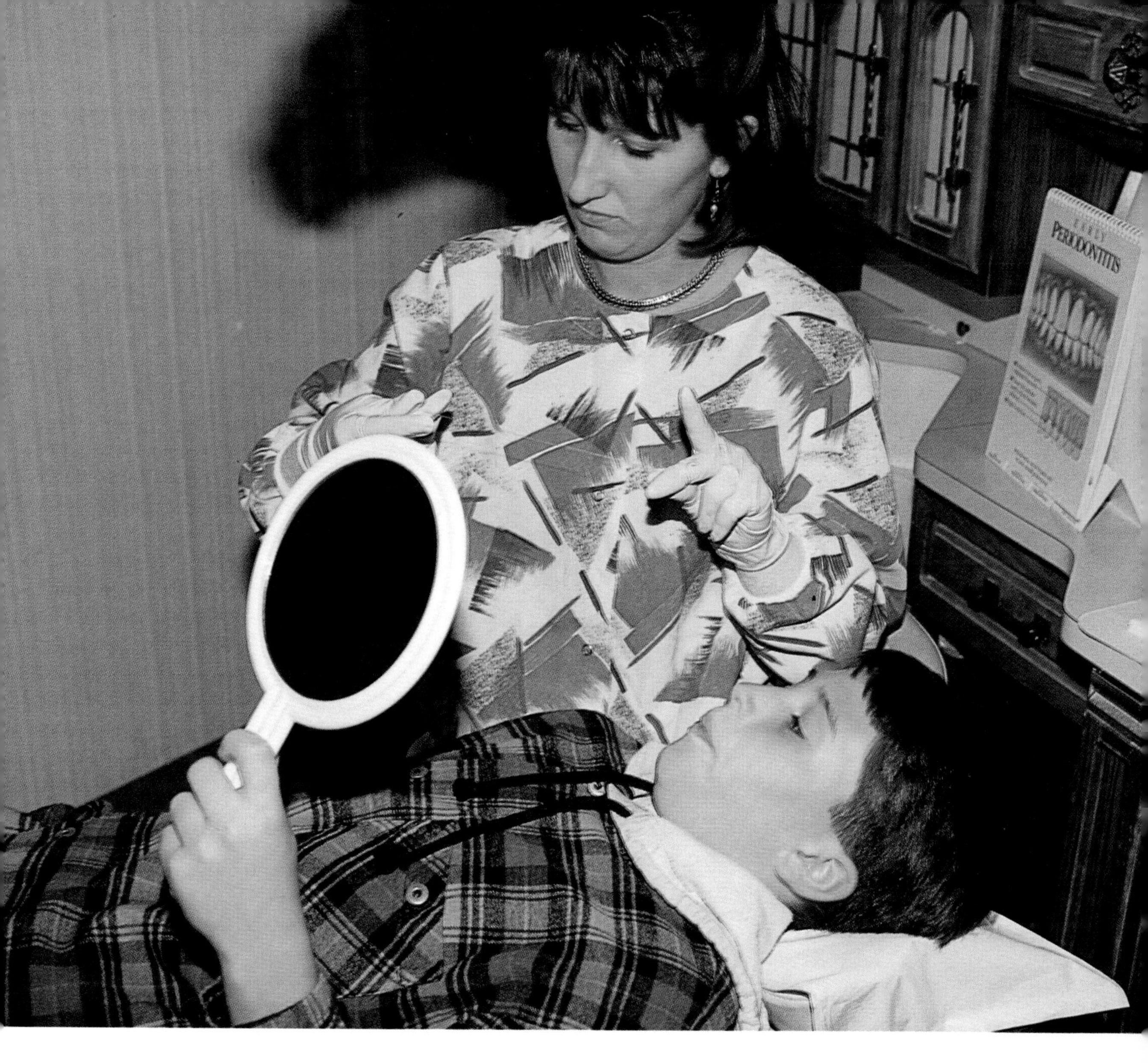

Este paciente utiliza el espejo para observar cómo el higienista le pasa un hilo dental entre los dientes

DISTINTOS TIPOS DE DENTISTAS

Algunos dentistas tratan tanto los problemas de los dientes, como los de la boca. Esos dentistas trabajan en "odontología general".

Pero hay dentistas que se especializan en algunos problemas particularmente difíciles. Los **cirujanos dentales**, por ejemplo, realizan operaciones de **cirugía** en los dientes, las encías y las mandíbulas. Otros se especializan en ortodoncia, es decir, colocan barras en los dientes torcidos, para forzarlos a volver a la posición correcta.

Y hay especialistas que se ocupan de problemas como las enfermedades de las encías y la pérdida de hueso en las mandíbulas.

Un dentista en odontología general rellena una carie con un empaste

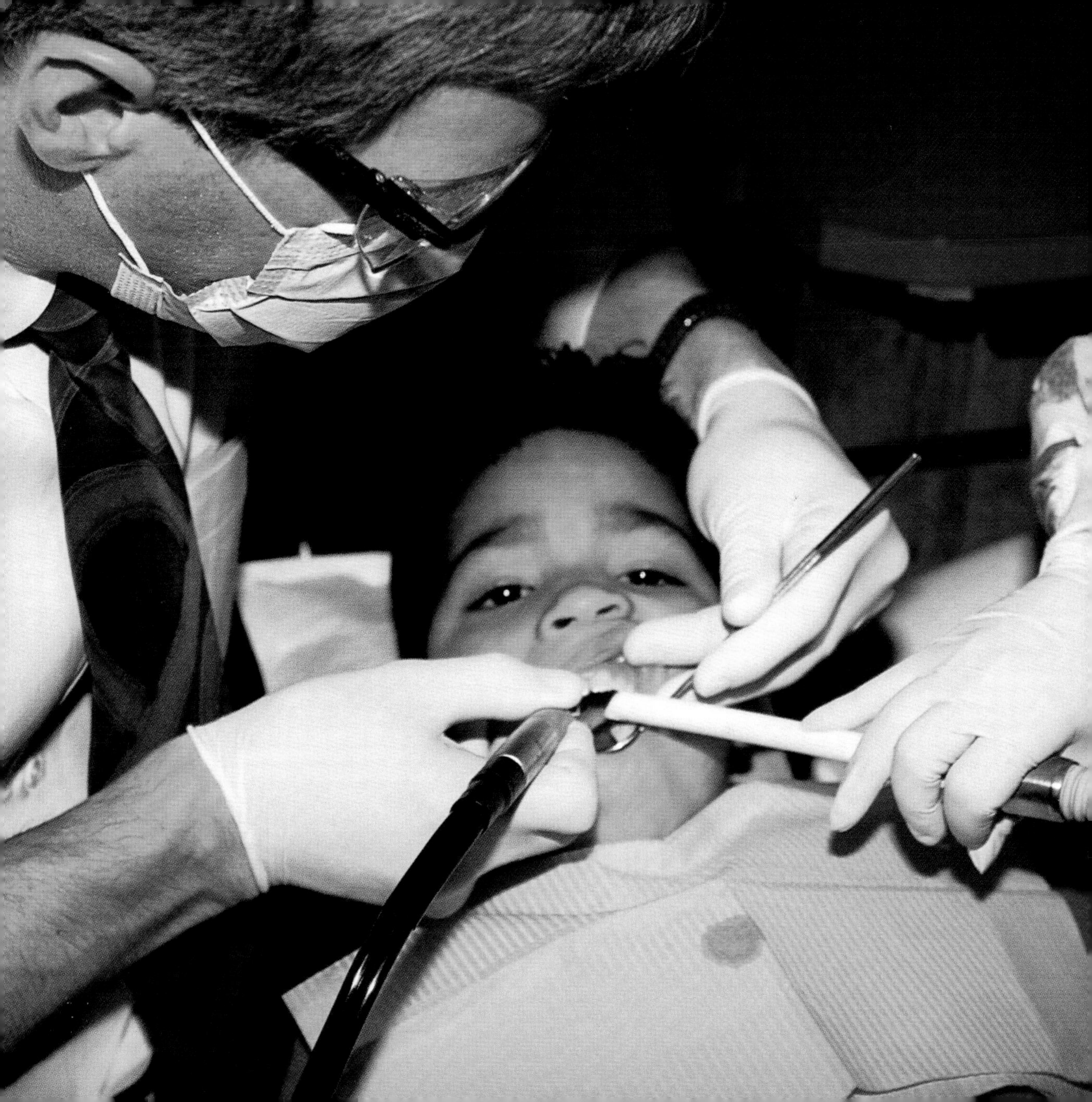

DÓNDE TRABAJAN LOS DENTISTAS

Los dentistas trabajan en consultorios provistos de los equipos que necesitan para tratar a sus pacientes. Pueden disponer de una sola oficina, o de un grupo de oficinas con equipos variados.

Los dentistas que se asocian y trabajan juntos, comparten las oficinas que tienen a su disposición.

Algunos dentistas enseñan odontología en las universidades, o dirigen las facultades de odontología. Otros trabajan en grandes hospitales.

En una oficina dental bien equipada, el higienista prepara al paciente antes de tomarle tradiografías

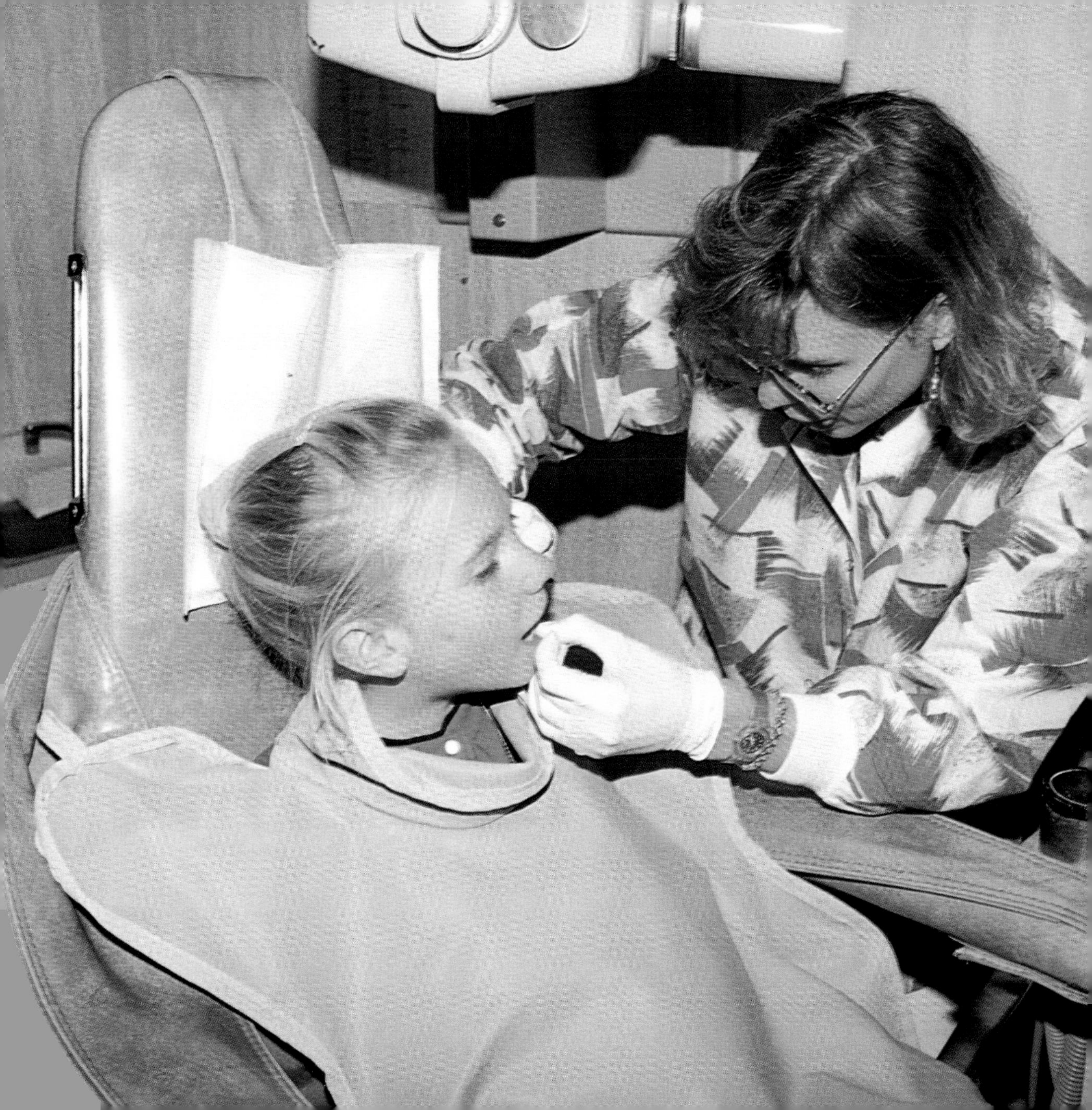

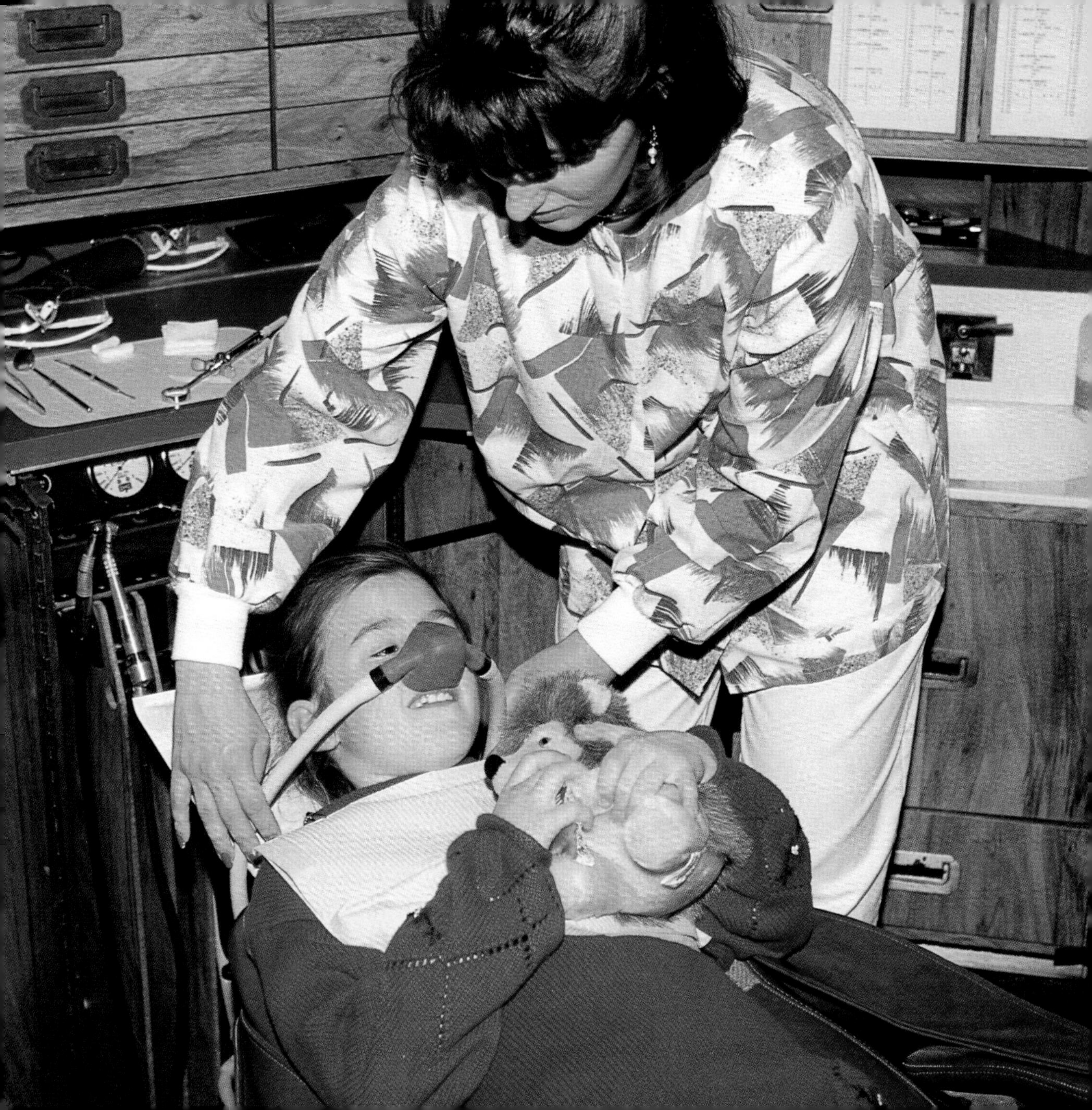

LOS AYUDANTES DE LOS DENTISTAS

Muchos dentistas contratan técnicos en odontología e higienistas. Los técnicos trabajan directamente con ellos, y le ayudan al dentista en tareas como sacar dientes, empastar caries, y hacer moldes de cera de los dientes. Los moldes se utilizan para darle forma a los dientes artificiales y las "coronas" que suelen recubrir los dientes naturales.

Los higienistas toman radiografías, limpian los dientes a fondo, y aplican tratamientos de **flúor**. El flúor es una sustancia natural que fortifica los dientes.

Un técnico en odontología prepara el paciente para darle óxido nitroso, o "gas hilarante", que reducirá el dolor que producen algunos procedimientos dentales

LAS HERRAMIENTAS DE LOS DENTISTAS

Los dentistas utilizan muchos tipos de instrumentos, máquinas y sustancias. Tienen taladros de alta velocidad para destruir las caries, y usan plata, oro y plásticos para rellenar las cavidades que estas dejan.

Además, utilizan instrumentos metálicos para limpiar los dientes y cortar las encías si se hace cirugía. Y tienen agujas especiales para administrar drogas que calman el dolor de los dientes y las encías.

Los dentistas emplean máquinas de rayos X para obtener radiografías de los dientes de sus pacientes.

La máscara facial, el espejo (derecha), el explorador de acero y el extractor, (al centro, en la mano del paciente), son algunos de los instrumentos utilizados en la limpieza dental

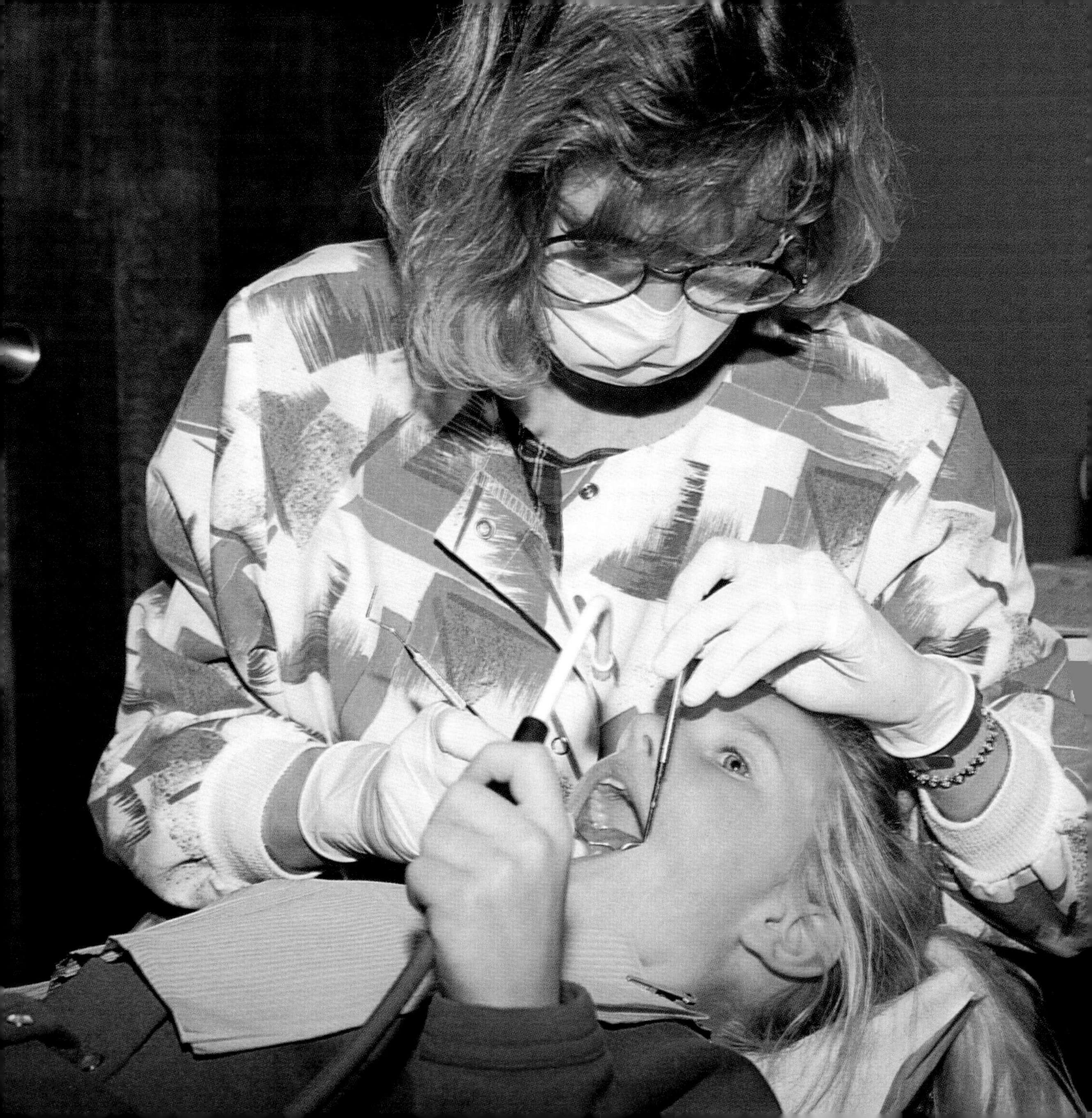

¿ QUÉ ESTUDIOS SE NECESITAN PARA SER DENTISTA?

El camino para llegar a ser dentista es largo y difícil. Los dentistas son personas altamente entrenadas, que tienen ocho años de estudios universitarios.

Los primeros cuatro años les permiten obtener un título en alguna universidad general y después tienen que ir a una facultad de odontología. En Estados Unidos hay unas sesenta de ellas.

Recién cuando un estudiante se gradúa, puede ejercer la profesión de doctor en odontología.

Glosario

caries (ca-ries) — agujero pequeño que se produce en un diente o una muela

cirugía (ci-ru-gía) — operación que consiste en cortar algo en una parte del cuerpo

cirujano dental (ci-ru-ja-no den-tal) — médico que realiza operaciones en la boca

flúor (flúor) — sustancia natural que se encuentra en el agua y ayuda a mantener los dientes saludables

higiene (hi-gie-ne) — limpieza personal, necesaria para mantener la salud

higienista (hi-gie-nis-ta) — ayudante de odontología, que limpia los dientes de los pacientes y realiza otras tareas relacionadas

hilo dental (hi-lo den-tal) — hilo especial que se utiliza para limpiar los espacios entre los dientes

ÍNDICE ALFABÉTICO